詩苑風華——臺灣師範大學教授詩詞叢編

林佳蓉　主編

高明詩詞集

臺灣學生書局印行

編輯前言

臺灣師範大學自一九四六年成立至今，已行過七十餘年歷史風華。

臺灣日治時期結束後，因培育中等以上師資工作亟待進行，故當時行政長官公署決定於一九四六年籌立「臺灣省立師範學院」，以承擔臺灣教育工作使命，因此設置國文、英語、史地、教育、理化等十餘科系，以培育中等學校師資。一九五五年「臺灣省立師範學院」改制為「臺灣省立師範大學」，分設教育、文學與理學三個學院。一九六七年改稱為「國立臺灣師範大學」，迄今已擴充至十個學院。

學校成立之初，聘任多位大陸來臺之菁英學者教授，以國文系為例，如宗孝忱、張同光、李漁叔、潘重規、高明、許世瑛、林尹、魯實先等；此外，亦聘任臺籍教授，如陳蔡煉昌先生，共同培育莘莘學子。

諸先生博極群書，學殖深厚，專善各自學術領域之餘，又才兼文雅，能章善辭，彼等既是學者，也是詩人，平日喜好賦詩吟詠，填詞唱和，為其生命情志之抒發，亦有時代風雲，山川錦繡之述記。作品或取喻幽微，或意存溫厚；藻思或清麗蘊藉，沖淡自然，或沉雄慷慨，曠達高古，青青蔚蔚，樹一代之詩風。

乙未年夏，一日風和煦煦，展讀汪中先生之《雨盦書札》，書以「汪式小楷」撰寫，書風秀逸清雅，文辭率皆雋永，間有詩詞之作，讀之愛不釋手。理應裒輯汪先生詩詞，傳諸後學，使窺紹濡染先生之才性風雅，詩學門徑，方是可寶可貴之事。而如汪先生之並軌前賢，高才秀骨者，臺師大之教授，又何止一二。且筆者受恩於多位師長教誨，留校任教，采錄蒐羅，實有地利之便，若任其日後散佚無尋，豈非憾事。遂興纂輯《臺灣師範大學教授詩詞叢編》之念，時光倏忽而過，至今已三年有餘。

由於能詩善詞之師長眾多，筆者又是獨力籌畫編纂工作，故無法依照諸先生之年齒先後順序編排，乃從熟識師長之作，或先取得文獻之作編輯。又，編纂之詩集，或有疏漏未善之處，請方家惠予指正。除已經付梓之編，日後猶將陸續蒐輯、刊印他作，以廣詩域學林。

叢書編纂過程中，幸賴多位師長與師長親友提供私藏珍貴文獻，俾叢編內容益加豐實完善，筆者銘心感謝。

書法家鄭善禧先生曾書一軸曰：「讀書得趣是神仙。」拜讀諸先生之作，詩趣多矣，筆者有幸沉浸於諸先生廣瀚之詩海，庶幾乎得觸神仙之衣袖乎？得入神仙之境域乎？

戊戌年葭月林佳蓉寫於國文系八三五研究室

高明詩詞集

肆

凡例

一、本叢書彙輯臺灣師範大學教授之古典詩詞作品，旨在保存上庠詩人創作之珍貴歷史文獻。

二、本叢書之作者以在臺灣師範大學專任之教師為主，亦含曾兼任於臺灣師範大學之教師。

三、臺灣師範大學於一九四六年稱「臺灣省立師範學院」，至一九五五年起改制為「臺灣省立師範大學」，一九六七年改稱為「國立臺灣師範大學」。本叢書收錄之作者，為一九四六年以後任教於臺灣師範大學之教師，而所收錄之作品則溯及作者任教於臺灣師範大學之前的詩詞作品。

四、本叢書所收錄之詩詞作品來源有：（一）作者已刊印之詩詞集與未刊印之詩詞集、詩詞稿；（二）《文風》、《中華詩學》、《國文學報》等期刊之詩詞作品；（三）作者之師友門生等私人收藏之作品。

五、本叢書之編排次第首列作者簡介；而後羅列詩作、詞作；作者本人或編者所作之注釋，繫於一詩、或一詞之後；或有詩詞評語，則又繫於注釋之後。書後臚列作者舊版書之序、跋、題詞、識語、論詩函等，以保留舊版刊印時之史料文獻。

六、本叢書之詩詞作品編排方式，若據舊版之別集輯錄者，仍循其例，或依創作先後順序編排，或按體裁分類。新編詩詞集、未刊印之詩詞稿、與增補之詩詞作品，則盡量以創作先後順序編排。

七、詩詞作品同題之作有不同版本而差異較大者，則於注釋中做說明。

八、輯錄詩詞之刊本、手稿本或有缺字，或字跡漶漫，無從考辨者，用「□」符號標示。詩作標點符號，一律用逗號「，」句號「。」標示；詞作標點符號，用逗號「，」頓號「、」句號「。」標示。

作者簡介

高明生於一九〇九年，初名同甲，字仲華，一字尊聞，江蘇高郵人。一九二五年入國立東南大學中文系，師事姚永樸、李詳、王瀣、姚孟塤諸先生。其間曾因軍閥作亂之故，短暫離開學校。復學後，向吳梅、黃侃、汪國垣、胡光偉、汪東、王易等人學習。其後拜入黃侃門下，專治經學與小學，黃侃特賜他「淮海少年」稱號，又勉勵曰：「侃從學於餘杭章君，章君從學於德清俞君，俞君則私淑高郵王氏，溯吾人學統，實出高郵。汝，高郵人也，今既從學於侃，當以光大高郵之學為志，幸毋負於爾之鄉先輩也！」

大學畢業後，任教於江蘇松江中學，後轉任江蘇省保安處主任秘書。中國對日抗戰初期，奉中央之命赴西康，任西康省黨部書記長，創辦《西康國民日報》，並任社長。一九四〇年任職中央政治學校秘書，翌年，轉任國文教授。抗戰勝利後，中央政治學校遷回南京，改名為國立政治大學，成立中文系，高明回校任教。

一九四九年時局驟變，乃隨中華民國政府播遷來臺。同年十二月任臺灣省立師範學院教授（國立臺灣師範大學前身）。一九五六年臺灣省立師範師院改制為大學，時任教育部長的張其昀先生敦請高明創辦國文研究所，翌年續又增設博士班，此為民國以來之創舉。

一九六〇年轉赴香港聯合書院中文系任教，深受聯合書院師生的崇敬與愛戴。一九六四年返臺，復又協助中國文化大學張其昀校長創設中國文學系與中國文學研究所。一九六六年則受政治大學陳大齊校長禮聘，籌辦該校中國文學系，並任系主任。

一九七二年春前往韓國建國大學講學；同年夏赴新加坡，任南洋大學客座教授，並馳赴馬來西亞、泰國等地，與華僑界廣泛交流，宣揚華夏固有文化。

高明一生為闡揚華夏學術文化而努力，裁成學子無數。一九九二年因病逝世。著有《國防論集》、《江蘇國防問題》、《中華民族之奮鬥》、《詩歌概論》、《中國文學》、《禮學新探》、《孔學管窺》、《孟子》、《大戴禮記今注今譯》、《高明文輯》、《珠湖謄稿》；另編有《群經述要》、《二十世紀之文學》、《中華文彙》、《中華文化百科全書》，又與林尹合編有《中文大辭典》等。

卷首說明

《高明詩詞集》以一九八七年學海出版社出版之《珠湖賸稿》為底稿，該書含：甲《珠湖詩存》、乙《珠湖詞存》、丙《珠湖曲存》、丁《珠湖聯存》四部分，為作者七十九歲時親將手稿交予孫女高祥整理所得，《珠湖賸稿．自序》云：「明年，余將八十，孫女祥為余整理殘稿，僅存詩四十首、詞二十七首、曲一首、聯六首，因題為『珠湖賸稿』，付諸手民，聊存此生之一鱗一爪而已。」本編之底稿《珠湖賸稿》即由作者孫女，亦余之同窗高祥女士所贈。此外，編者復從淡江大學中文系陳慶煌教授處得〈八十書懷〉未刊稿十二首，並諸家和作，含停雲詩社詩友〈恭祝高師仲華八秩嵩慶敬步八十書懷原玉〉十二首，與陳慶煌教授獨和之作十二首；臺灣師範大學國文系賴貴三教授亦贈予〈八十書懷〉詩稿；編者復又蒐得〈題慶煌弟吟草〉一首；汪中教授抄錄之詞作〈雙雙燕〉一首；以及從一九二九年九月中央大學中國文學系創辦之《藝林》期刊，尋得作者早期詞作四首。《高明詩詞集》共收錄詩作五十三首、詞作三十二首、曲一首、聯六首，相信還有多首作品佚收，冀望日後能再增補輯入。

庚子年桂月林佳蓉撰

高明詩詞集　目次

卷二　詞……四〇

卷一　詩

贈段問非教授

峻阪有椅桐，鬱蔚生南嶽。朝日耀繁枝，噦噦鳴鸑鷟。高風灑穆如，清韻滿山谷。結實欣離離，曠懷靡不足。振翮思遠引。翺入青雲宿。逍遙何辱殆，懸車且藏璞。女誡久昭垂，文憲為徽纆。仰望脰未悁，臨別歌躑躅。

偉俠兄五十初度集杜四首自攄襟抱蓋其志其遇其學非幾於杜者不能爲也仰企之餘敬賦一章爲壽

少陵振奇士，詩語奪天工。丁時屬艱蹇，吐句乃沈雄。寢饋識通軌，秉筆慕高風。異代追同調，乖遇結深衷。仲宣哀去國，伯喈悲爨桐。茱萸不忍插，橐籥豈能窮。塵鬢驚心白，霜楓照眼紅。孤島遺民集，中原萬戶空。知命懷千慮，掉首謝三公。盈巵有美酒，一醉撫長松。偉抱淵若谷，俠氣矯猶龍。跂予思靖獻，酬子愧從容。

觀程氏書法展有詠

古人筆法妙通神，自非冥索何由見。程子臨池得真傳，垂露懸珠盡其變。池水墨矣功力深，於今更覩右軍硯。我非書家亦識之，撫之不覺心依戀。

題松鶴圖

志氣干雲霄，軒軒欲遠舉。後凋節彌堅，喜與鶴為侶。

題山水畫

山居玩書味，客至自攜琴。細味靜中趣，漁歌入浦深。

偕水心伯鳴二兄及聯合書院中文系諸生遊大埔

海嶽偶棲遲，觀妙欣有得。涵暉生紫瀾，積翠為天色。入冬賁春華，綠野吹芳息。時物協幽期，振衣恣遊陟。盤車九曲涂，駭汗五丁力。入隧山窈深，出隧水清湜。仙境聆松濤，塵心淨如拭。身輕虹梁飛，衣重嵐光逼。猿鶴時與親，鷗鷺紛相識。談笑御虛舟，過影留鴻翼。乘興訪桃源，漁父空在憶。我亦避秦人，安得清涼域。九畹自滋蘭，知白常守黑。無奈念元元，仍思益與稷。持以示友生，此心悲且惻。

沈大律師維翰以和黃大法官亮送歸詩見示並屬賡和因步原韻卒成一章以答之

豈因同病成良友，聲氣應求自往來。炎日冰霜除積疢，春臺袵席喜依偎。送歸情溢三江水，酬唱詩傾八斗才。二老風流傳海內，賡歌我亦欲飛杯。

奉和成惕軒兄高闈感事敬次原韻

化鵬曾記奮天池，此日衡文是大師。玉尺在攜紛汲引，楹書入望久殘隳。逡巡督課思先德，匡濟掄材肯後時。詩教更傳風木痛，深心能得幾人知。

狷翁（邵父）七十集句抒懷徵和率成一律以答

談兵虎帳憶當年，豪氣干霄猛著鞭。出入龍潭身付國，嘯吟鯤島思為淵。老年彈鋏猶為客，興至揮毫即是仙。何日中原重躍馬，江山極望悵雲煙。

洌上李淵明博士以其所爲詩文見貺率題長句以答之（一）

雞林無價一詩翁，筆力夭矯其猶龍。六歲竟能綴佳句，四座嘖嘖驚神童。零縑片簡咸足惜，嘔心瀝血為文雄。祖收孫稟世稀見，珍襲豈徒愛所鍾。未冠江山遘奇變，胸羅塊磊氣如虹。紙上行雲逐流水，腕底翠谷鬱蒼松。睥睨燕巖尠稱許，眼下何嘗有史公。極乎絢爛返淳樸，喜談實學作儒宗。詞來不屑追秦漢，濡染悠然入化工。求友嚶鳴弗遺遠，淵淵夜思與君同。寄意裁箋答高雅，萬里海天因長風。

【編者注】

〔一〕〈洌上李淵明博士以其所為詩文見貺率題長句以答之〉與〈壽李淵明六十〉，高明《珠湖賸稿》目次詩題「李淵明」均作「李淵民」，而《珠湖賸稿》內文詩題則作「李淵明」，未詳孰是，姑以「李淵明」統一名之。

壽李淵明六十

洌水文星耀海東，平生豈欲以詩雄。抑揚延世春秋筆，仿佛當年洙泗風。抱道知君成獨往，賞心與我恰相同。欣聞六十爭為祝，綴句飛箋託遠鴻。

張太翔兄七十生日已過始以書懷集句柬知因奉以一律

導引身如百鍊鋼，逍遙任爾邁穹蒼。排愁自有詩千首，振聵能迴響萬岡。壯志中原曾躍馬，滋蘭上苑亦流芳。仙洲七十渾閒事，不與同遊侑一觴。

立夫先生與祿卿夫人金婚紀念適與林景伊家新結爲姻婭因成一詩以賀

聞道結褵五十年，白頭眷屬信如仙。風波與共嘗千苦，道義同擔在一肩。擅寫丹青雲伴石，冀傳薪火聖希賢。老來喜見佳兒婦，蘭桂堂前各競妍。

慧炬創刊十五周年詩以祝之

慧炬揚輝十五年，渡人寶筏上西天。青春作伴如參悟，大德傳燈信足賢。已見真如成正覺，何愁苦海望無邊。相期共證菩提果，花雨翻飛盡是蓮。

筠廬韻篁賢伉儷以珠婚唱和詩見示步韻奉和即以爲祝

雀屏中選憶當年，躍馬韁關逐錦軿。即席吟成絲繫足，飲漿求得偶為仙。合歡魚水春長在，歷劫滄桑月自圓。往事風流三十載，真堪一一入詩篇。

百年偕老亦何因，同是鈞篁不受塵。月下清標驚世俗，風前高詠鬥奇新。吹簫喜踐三生約，避地甘嘗萬斛辛。海嶠漸聞花信至，良辰豈獨一家春。

張鐵君兄從事反共思想鬥爭三十年適逢花甲之慶詩以壽之

歷劫滄桑六十年，拯民飢溺著先鞭。為悲邪說盈天下，故發危言震日邊。好辯知君非得已，效忠勵節乃彌堅。鋃鐺入獄尋常事，卅載誰能識子賢。

壽林景伊七十

歲寒三友共欣欣，七十如今又到君。曾入狴犴因抗日，尚存意氣可干雲。老年筵席拋煙酒，喜見庭蘭散馥芬。世道衰微須我輩，相攜耄耋衛斯文。

壽李俠廬七十敬步原韻

南雍問學憶當初，卓犖超羣數俠廬。在手一杯消壘塊，下帷終日註蟲魚。放翁詩句哀宗國，司馬才情賦子虛。政海浮沈年七十，清風兩袖滿床書。

壽蕭母林太夫人九秩大慶

結褵方四載，恩愛兩不疑。蒼天何不淑，遽令成煢嫠。痛欲以身殉，不忍稚子悲。為此彊視息，門戶獨支持。家無儋石積，唯賴針黹措。事姑問寒燠，教兒兼父師。機聲共燈影，課讀不知疲。及長促遊學，歡顏道別離。背人偷垂淚，此意有誰知。遭時值喪亂，鼎革忘其危。為拯生民苦，履險泰若夷。推愛以及人，念念出仁慈。艱辛已備歷，堅貞故不移。門楣喜重振，賢郎大有為。經界以安國，令聞震一時。含飴視庭戶，蘭桂芳滿枝。仰天念夫子，庶幾無愧思。康強入眉壽，萱堂祝有詩。八十又九十，老萊識戲嬉。期頤欣在望，國瑞乃在茲。我躡賓客後，褰裳獻蕪辭。不足張大德，聊以誌依遲。

恭逢　總統蔣公八十華誕敬作長歌以為壽

維天縱之將聖，乃吾民之木鐸。既獻身於革命，踵國父而有作。初聞大道於東瀛，繼參密勿於戎幕。豈徒甘苦之與共，實為安危之所託。始練新軍於黃埔，即露寶刀之鋒鍔。青年歸之恐或後，宛如群流赴大壑。揮師東征試身手，城狐社鼠不足搏。誓眾北伐殲羣凶，如風掃葉紛紛落。功成奠告碧雲寺，氣吞山河猶在昨。更展奇猷靖寰宇，跳梁小醜皆平削。方期郅治起蒼生，強鄰壓境陷城郭。艱苦抗戰八載餘，卒驅島寇收京洛。大漢天聲揚四海，舉世皆推公才略。扶危繼絕宅心仁，欲與萬邦同憂樂。燭知赤禍勢滔天，無奈羣盲視漠漠。獨為砥柱障横流，更思一舉掃凶虐。庶民寄望唯在公，光復神州擒元惡。聲威已懾賊人魂，匪眾驚惶自相斫。際此剝極而復時，喜公八十顏沃若。天使吾公拯飢溺，故教壽如千歲鶴。笙歌處處祝華封，我亦欲醉千萬爵。

七十生日有感

咄咄書空七十秋，陸沈無奈望神州。捨生夙抱澄清志，投老仍懷今古愁。幸有筆耕存幾卷，喜看蘭茂闢千疇。風流猶記從師日，淮海少年雪滿頭。

壽熊翰叔九十

花溪當日記同遊，詩酒交驩五十秋。孔孟會中維正學，忠勤壇上著勛猷。詹言仰止世無匹，羣桂爭芳孰與儔。大德信能獲大壽，期頤待祝在神州。

賀潘石禪傅節梅結褵之喜

夢入紅樓遇可人，大觀園裡久棲神。老禪緣定三生石，小院梅開二度春。重建室家求美奐，更從魚水覓歡嚬。而今何必花都去，此地溫柔最足珍。

景伊七十四冥誕詩以懷之

記君七十盛開筵，此日思君淚獨零。攜手當年扶正學，吟箋一握賸殘篇。同門凋落誰堪語，論道淵玄孰比肩。縱使天人成永隔，風神長在我心邊。

勉菴崔先生誕生一百五十周年敬賦一律以誌崇仰

華西絕學有傳人，大義春秋意獨珍。上疏除奸遭竄逐，抗倭拒食竟成仁。一生磊落能肩道，舉世欽遲不事秦。百五周年逢誕日，海東咸自念純臣。

蘇花道上陳聖勤兄有作是夜同宿墾丁青年活動中心因以見示即席步韻和之

三十餘年一瞬間〔一〕。斷崖臨海眼中還。當時險道今平濶。此日驅車直向南。

【自注】

〔一〕 三十年前余曾從蘇花公路南行至花蓮，代表師院參加花蓮區國文教學演示會，其時蘇花公路甚險。

花東道上忽陰晴。憂喜心中重或輕。但望語文同一軌。不辭艱苦伴君行。

贈韓國林東錫同學

中韓情意譯能通，斯學深撃豁啟蒙。當日醉心老乞大，此時揮淚逐歸鴻。與聞至道窺堂廡，尚望高飛入昊穹。正若康成辭馬帳，傳經挾筴喜其東。

陳榮捷先生以與友枝龍太郎唱和之作見示即用其韻成朱子學四詠八章以答

學海滔滔捲白波，獨持雅操發舷歌。取途伊洛遊洙泗，直探心源信足多。
行道脩身聖可臻，注經立說意彌新。家弦戶誦朱夫子，南宋以來第一人〔一〕。

【自注】

〔一〕元仁宗以後，明清兩代科舉考試皆以朱注為準，於是中國讀書人無有不讀朱子書者，其影響可謂深遠矣。

右朱子學在中國二首

朱學東傳激大波，五賢相繼布聲歌。成仁取義以身殉，獨數雞林節士多〔一〕。

【自注】

〔一〕　金寒暄、鄭一蠹、趙靜庵、李晦齋、李退溪並以儒宗從祀孔廟，號為五賢，除退溪外，非遇害，即謫死。

能隱退溪福乃臻，陶山風月倍清新。才高栗谷開門戶，又見京畿有哲人〔一〕。

【自注】

〔一〕　至今韓國言朱子學者，尚分嶺南、京畿兩派。

右朱子學在韓國二首

五山海上蕩微波，江戶羣賢競浩歌。若問扶桑朱子學，流民作育梓材多〔一〕。

【自注】

〔一〕五山乃室町時代五大禪寺，其中禪僧多能詩，兼傳理學如虎關師煉對朱子尚不甚信服。其後漸有陽佛而陰儒者。對朱子乃信之彌篤。至江戶時代。朱舜水、陳元贇等流亡至日。而朱學大盛。作育之人才遂多。

不屑異同欲並臻，惺窩當日啟其新。誰知鎔理入神道，別有風情是可人〔一〕。

【自注】

〔一〕藤原惺窩以後有京都、海西、海南、大阪、水戶等朱子學派。大都能兼容並包。如菅原道真、吉川惟足之流倡「和魂漢才說」。直欲使朱子學日本化。此則可令人刮目相看者。

右朱子學在日本二首

太平洋上忽揚波，檀島風光入嘯歌。比美鵞湖同論學，是非千古任他多〔一〕。

【自注】

〔一〕此次集會夏威夷，以學者處境不一，自難有共同一致之意見。然朱子學之本體自在，見仁見智，則亦不必求其強同。

為道弘儒百瑞臻，局棋榮捷一盤新。但教朱子名天下，便是深心救世人〔一〕。

【自注】

〔一〕陳榮捷、狄百瑞兩先生為此次集會之主持人，熱心於朱子學之探研，此會能召開，即是朱學之成功，其用心固深遠矣，謹誌欽遲之意。

右朱子學在美國二首

壽葉秀峰八十

康藏經營記昔年，步行攀越嶺摩天。萬千艱苦相隨過，多少辛酸共話眠。只盡忠貞忘利害，那知心血付雲煙。逍遙此日瀛洲上，八十呼公應是仙。

魯實先兄尊翁道源先生八十詩以壽之

誰知韜略夙羅胸，李廣數奇不獲封。息影山林忘是客，有兒學海矯如龍。能傳忠孝為人範，更見才華震辟雍。壽世宛同金石固，經霜無愧後凋松。

蒙正平先生象贊

駿不甘伏於櫪，龍不甘困於池。天既賦之以異稟，則追風挐雲於域外也亦其宜。陶朱豈足道，瞿曇真可師。散財以濟衆，悲憫有仁施。生死皆蒙君之澤，胼手胝足誰能知。烏乎，其斯之謂賢，其斯之謂奇。

蒙母陳太夫人象贊

億則屢中，才著於商戰之場。勤則不匱，德著於瓊崖之鄉。既相夫以成業，又教子以知方。斯大母河之所以名歟，實足為坤道光。

題李超哉畫蘭

九畹滋生滿谷香，棲遲海島亦吾鄉。迎風微欶共誰語，時有幽人獨徜徉。

壽黃君壁九十

鳳子悲鴻並駕驅，當年畫譽滿京都。既邀北溥瀛洲住，又逐南張藝海呼。筆下河山千里恨，望中父老幾時蘇。愛心九十猶盈溢，推出平生萬幅圖。

題慶煌弟吟草

人在高樓上，吟心似月清。是心還是月，心月總晶瑩。

八十書懷

月光瀲灩滿湖珠〔一〕，秀挹山川出大儒。贊化宮中嘗苦讀〔二〕，文遊臺上每嬉驅〔三〕。
稚心早欲超淮海〔四〕，獨旆尤欽拜石臞〔五〕。仰止訖今登八十，徒餘惶愧與欷吁。

【自注】

〔一〕余出生於高郵，高郵有湖，以其風光秀麗，亦名珠湖。

〔二〕贊化宮在高郵城東，民國時改為學校，初為慶成學校，先嚴為校長。次為水利專門學校，先嚴為學監；余入小學時，即隨先嚴住宿於此，先嚴每晨每夕督課至嚴。宮中有室祀孔子。

〔三〕文遊臺在城外東北方，先嚴常攜余嬉遊於此。臺為宋時秦觀與蘇軾、黃庭堅等遊憩之所，其唱和之作皆鐫石，鑲於壁上。

〔四〕秦觀詩文集名《淮海集》，世人多以秦淮海稱之。

〔五〕幼時嘗侍先嚴拜謁「獨旗竿王家」，即清代大儒王念孫石臞及其子引之伯申之故居，門外有旗竿一，矗立入雲霄，為高郵之一景。

四歲開蒙拜聖賢〔一〕，嚴師課讀奠基先〔二〕。學庸論孟纔成誦，易禮詩書又熟孿〔三〕。
出塾能為文典雅，遊庠乃得舞蹁蹮〔四〕。當年界尺痕猶在，此日懷思亦泫然〔五〕。

【自注】

〔一〕入塾開蒙，必先祭拜孔子，後拜塾師。

〔二〕塾師謝蘊三先生，人稱「謝三騾子」，以課讀至嚴，聞名於當時。

〔三〕余從謝師讀《四書》、《五經》，初奠國學之基礎。

〔四〕九歲考入高郵縣立第一高級小學，即以作三百字之典雅文言文一篇而獲雋。

〔五〕九歲時因背書未熟溜，謝師以界尺擊其腦蓋，血流滿面，先慈憐惜不已，乃決計送余入公立小學攻讀，至今余腦部尚留有傷痕，然每思及余能在國學上稍有成就，又未嘗不感激而涕零也。

離家初次赴揚州，嶺上梅花不識愁〔一〕。負笈金陵除約束，沈酣說部誤潛修。只因食餅懷深愧〔二〕，遂致排名拔首籌〔三〕。從此好書清雜念，南雍乃得任優游〔四〕。

【自注】

〔一〕十二歲奉父命至揚州聖公會所立之美漢中學，從美國牧師韓德森先生習英文一年，遍遊瘦西湖、梅花嶺等名勝，天真幼稚，茫然不識愁為何物也。

〔二〕十三歲入南京鍾英中學，以遠離父母之管束，頗沈迷於小說，而忽略於正課。寒假返家，成績單寄至，學業、操行並為丙等。先嚴謂余喜食餅（與丙諧音），每晨皆餉以燒餅二枚，使余哭笑不得，愧悔不已。

〔三〕余回校後，專心於正課，即在班上考得第一名。鍾英規定，班長、副班長不由選舉，純由學校依學業之名次排定，眾亦無異言。

〔四〕余在班中年最幼，既為班長，即不作第二人想，蟬聯直至畢業為止。時國立東南大學為東南各省青年嚮往之最高學府，民國十四年（一九二五）余竟獲錄取，先嚴、先慈及先師俞采丞、余介侯諸先生咸為大樂。余在中學時，除國文外，以化學、代數、幾何、三角、大代數等科成績為最佳，邏輯之訓練、思想之條理亦皆以此而養成，此均采丞、介侯二師陶鑄之功也。

南雍有幸遇名師，大易弘宣豁宿迷〔一〕；筆下桐城親絕詣〔二〕，才高駢句識精奇〔三〕；

初聞心性傳薪火〔四〕，又見詩詞互競馳〔五〕；拜闞更聆章氏學〔六〕，從茲寢饋永無移。

【自注】

〔一〕余初入大學，頗擬進數學系；先嚴則欲余進中文系，獻身於中國文化。余徘徊未決。會是時中文系名師雲集，姚孟塤師授《易經》，精微入妙，余嘗撰〈讀易隨筆〉，以述心得，即以為學期報告。寒假返家，未及一周，即接姚師掛號信函，寄回原稿，稿上圈點周密，總評許為可成大器，判分為九十九，而眉批則指陳余失，一謂與前賢意見不同，但不可毀謗；二謂於所不知，不可妄信他人，隨聲附和，二者正中余病，使余終生服膺。余決計入中文系，受姚師之鼓勵為最大，不敢忘也。

〔二〕時姚仲實師授余古文，實為桐城之嫡傳。

〔三〕李審言師當時以駢文鳴於全國，余從之讀《昭明文選》，余之能為駢文，自此始。

〔四〕王伯沆師講《四書》，闡揚心性之學，得宋明儒者之真傳，而躬行實踐，尤使人誠服。

〔五〕系中教授均能詩，常聯吟唱和。黃季剛師古體出漢魏；王伯沆師純為唐音，余嘗從其習杜；汪辟疆、王曉湘二師皆贛人，為宋詩名家；吳瞿安師則以「詩餘」（詞）、

「詞餘」（曲）名震遐邇，余均從之問學；黃季剛、汪旭初、王曉湘三師均以能詞鳴；胡小石師則以書法及近體詩為世所重。

〔六〕從季剛、旭初二師習文字聲韻之學，特蒙季剛師之青睞，許列門牆之內，因得聞章太炎先生之學，並上溯於俞曲園、王引之、王石臞、段懋堂、戴東原、江慎修、顧亭林諸先生之學，而眼界始濶，胸襟益廣。

龍蟠處踞痛元良，革命追從志四方〔一〕。避捕潛迎師入滬〔二〕，遠遊適遘寇侵疆〔三〕。精犨韜略抗頑敵〔四〕，時與賢豪說衛防〔五〕。事變中央忽見召，攀山越嶺撫西羌〔六〕。

【自注】

〔一〕民國十四年（一九二五），國父孫中山先生逝世南京，開追悼大會於秀山公園，余始受其感召，而參加革命。

〔二〕時孫傳芳、褚玉璞部隊包圍東南大學，搜捕革命志士，成（律）吳（光田）二同志被捕不屈而就義，余則避往下關，登太古輪，至滬，以迎國民革命軍之北伐。

〔三〕北伐完成後，國民政府定都南京，東南大學易名為中央大學，余乃復沈潛於學術，民國十九年（一九三〇）夏畢業。二十年（一九三一）初，至瀋陽任教，藉以探日、俄兩國侵略我東北之虛實。孰知日人竟以九月十八日佔領瀋陽，余適逢其會。二十四日，余始自北陵附近步行至皇姑屯，登難民車，在日本飛機追逐下，凡三日夜不眠不食，始入山海關而抵於天津。

〔四〕自東北歸來後，益知我國防問題之嚴重，乃遍讀古今中外之兵書，以探擘對抗日、俄之戰略，常發表於報章雜誌之上，曾由蘇衡月刊社輯印為《國防論集》及《江蘇國防問題》二書，孰料竟因此見知於江蘇省政府主席兼全省保安司令之陳果夫先生，遽任為保安司令部之主任祕書。

〔五〕時江蘇國防緊急，為預防日軍之進侵，省政府為訓練抗日之幹部，辦有保安幹部訓練所、中心民校校長訓練班等機構，而余則在其中授《自衛須知》一科目。《自衛須知》原名《洴澼百金方》，為明人抗倭之作，極可供抗日之參考。

〔六〕江蘇淪陷於日軍之手，省府改組，余奉召至後方，籌立西康省黨部及西康國民日報社，與西南邊疆諸民族接觸，以鞏固抗日之後防。

面臨漢藏與夷胞〔一〕，遍訪周諮不覺勞。跳月山林歌且舞〔二〕，搜奇洞窟密而高〔三〕。

勤翻貝葉稍能悟〔四〕，時轉法輪亦自豪〔五〕。踪影祕經存滿篋，南泉一炸數難逃〔六〕。

【自注】

〔一〕西康省分三區，雅安區為漢族同胞聚居之所，康定區為藏族同胞聚居之所，西昌區為夷族同胞聚居之所（所謂夷族，即西南夷中之倮倮族），而首府則在康定。

〔二〕夷族有跳月之俗，歌舞甚美，余極賞之。

〔三〕藏族中黑教喇嘛，即所謂密宗者，自稱有神通，能知過去未來事，多獨居於高山洞窟中，頗為神奇，然藏族人則多信黃教。

〔四〕喇嘛教在西康之勢力極大，余為深入社會，亦學習藏文，勤讀佛經，對佛學始稍有悟入。

〔五〕佛教謂宣講佛法為「轉法輪」，余以讀佛經之心得刊載於《西康國民日報》之副刊上，學佛者頗許為知言。時藏族婦女以密宗真言刊於轆轤上，以手轉之，亦謂之「轉法輪」，余偶一試之以為樂。

〔六〕出西康後，至重慶南溫泉中央政治學校任祕書，會日本飛機來炸，余所住仁字房宿舍全燬，自西康帶回之照片、文獻、佛經、衣物等盡付一炬，真如佛家所謂「四大皆空」矣。

教鞭重執在南泉〔一〕，吟嘯花溪宛若仙〔二〕。北上岐山經劍閣，西開遠域念張騫〔三〕。
漢唐遺蹟隨時覓〔四〕，儒佛藏書是處鐫〔五〕。關學潛揅忽有悟，中華文化永聯緜〔六〕。

【自注】

〔一〕民國三十年（一九四一），張道藩先生任中央政治學校教育長，聘余為教授，余乃重執教鞭，不再改行矣。

〔二〕同時任教於政校者，有徐英、穆濟波、蘇淵雷、王夢鷗、胡一貫諸兄皆能為詩詞，與余同組一詩社，常吟嘯於花溪舟上，見者視為神仙中人。抗戰時，每苦中尋樂，此亦一事也。

〔三〕民國三十二年（一九四三），余應國立西北大學校長劉季洪兄之招，任中文系教授，乃沿川陝公路北上，經劍閣、石門、漢中等地而至城固，張騫之墓在焉。時西京圖書館之藏書亦遷置於此，余於其中禮學書及有關於關學者覽之殆遍。

〔四〕在城固時，於陝南各處古蹟無不遊覽；迨西北大學遷至西安，於關中各地之名勝古蹟又無不遊覽，於是周、秦、漢、唐之歷史文化復縈迴於胸中，愛之不能暫釋。

〔五〕西安之碑林中，藏有唐開成石經，集儒書之大成。慈恩寺中藏有〈聖教序〉石碑及若干佛教經幢。余均撫摩流連而不忍去。

〔六〕宋代張載以至清代李顒皆為關中大儒，世稱其學為關學。余既探研其學，乃益知中華文化之永恆價值，而欲維護之、發揚之矣。

苦戰抗倭歷八年，一朝勝利返園田。待修禮樂開新運〔一〕，又起烽煙復沛顛〔二〕。縹緲鍾山何日見，淒涼南嶽暫時妍〔三〕。偶思懷讓通禪理，仰止夫之亦可憐〔四〕。

【自注】

〔一〕勝利後，政府行憲，設國立禮樂館，汪師旭初為館長，招余為助，任禮制組編纂，總統就職大典之禮儀即為余所撰。

〔二〕禮樂館裁撤後，專任國立政治大學中文系教授，住鍾山下新建校舍中。旋因共軍攻下蚌埠，南京局勢緊急，余乃應湖南衡山國立師範學院院長陳東原兄之邀，前往任教。

〔三〕既至南康，不知何日再返南京鍾山宿舍，日瞻國父陵寢，誠不能不感慨萬端矣。然院中同事則相處甚洽，馬宗霍、駱鴻凱、周邦式諸兄皆如水乳交溶，曾為學生社團作文學、佛學等演講，一時轟動。顧為時不久，湖南政局大變，余乃前往廣州，而轉來臺灣。余一生顛沛流離，未遑寧處；至是，又將另開新局。

〔四〕在南嶽時，訪問佛教叢林，於禪宗思想益有悟入；而明末大儒王夫之於國變後，隱於此山，高風亮節，尤使余欽企不已。

淪陷蝦夷五十秋，貧窮困頓不勝憂。之無罔識愚民策，征伐頻驅枉死囚〔一〕。啟迪試求開慧智，語文導學老編修〔二〕。痛心此日有成就，翻與宗邦視若讎〔三〕。

【自注】

〔一〕臺灣淪陷於日本五十年，受其剝削奴役，人民痛苦已極。其限制人民讀中國書，意在消除中國人之民族思想，而黷武不惜人命，慘死者不知其數。

〔二〕余入臺後，始創編臺灣適用之國文教科書，以提高人民之語文智慧與民族思想，至今猶為教科書之編審修訂，竭盡其力，而余已垂垂老矣。

〔三〕但今日之智識分子，有若干人，反而親美、親日，甚至親共，以自毀其邦家者，余視之實為痛心！

提高文化歷千難，創制初開博士班〔一〕。遍授羣經傳絕學〔二〕，導㧞諸子放奇觀〔三〕。求真考據通科技〔四〕，集美辭章耀宇寰〔五〕。最喜門徒能跨竈，功成百次破吾顏〔六〕。

【自注】

〔一〕民國四十六年（一九五七），張其昀先生在教育部長任內，指定余所主持之師大國文研究所招收文學博士研究生，是為民國以來之創舉，余兢兢業業，策畫教導，以期其有成。

〔二〕余最初指導之博士論文，遍及《易》、《書》、《詩》、《春秋》諸經，蓋欲以造就通經之學者，而重振儒學衰微之勢也。

〔三〕其次指導之博士論文，則涉及先秦、漢、魏，以至唐、宋、明、清諸子之能自成一家言者，頗多佳作。

〔四〕經子之學，多言義理，在止於至善。然考據之學，無論為考文字（包括聲韻、訓詁等）、考文籍（包括目錄、版本、校勘、辨偽、輯佚等）、或考文物（包括金石、甲骨、簡牘、帛書、敦煌文物、庫藏檔案等），皆須求其真確，此則與科技相通矣。博士論文亦多涉及於此者。

〔五〕辭章之學，所以抒寫情志，必求其雅美，古文、駢文，詩、詞、曲，以至於小說，博士論文中探擘之者，觸目皆是，余所指導者亦極多。

〔六〕自民國四十六年（一九五七）迄今，已滿三十年，師大、政治、文大、東吳等校研究生，經余教導而得文學博士學位者已逾百人，分布於國內外，現均為發揚中華文化而努力，余亦可以稍慰於懷矣。

四十年來世較安，晨興夜寐取書餐〔一〕。陳情奮筆貽同好，創見鳴琴調獨彈〔二〕。積稿等身聊自樂〔三〕，合編叢著與人看〔四〕。救時有志才難展，更挾餘輝上講壇。

【自注】

〔一〕余於民國三十八年（一九四九）入臺，迄今已及四十年，世局苟安，可以容余志學讀書。

〔二〕是時余亦努力寫作，如《中國民族之奮鬥》（國立編譯館出版）、《孔學管窺》（廣文書局出版）、《孟子》（或名《孟子之生平及其思想》，華僑協會出版）、《禮學新探》（原係香港中文大學聯合書院出版，後改由學生書局出版）等書，時有創見，以供同好參考。

（三）余七十歲時，應王熙元博士之建議，輯生平所作之學術論文，為《高明文輯》（內分《論學雜著》、《經學論叢》、《孔學論叢》、《小學論叢》、《文學論叢》、《傳記文輯》六種），因杜松柏博士之介，在黎明文化事業公司出版。上年十一月又輯近年來所作與中華文化有關之論文，為《中華文化問題之探索》一書，在正中書局出版。將來尚擬將未刊之學術論文，編印為《高明文續輯》。總計生平所作論文，約有三百萬字，不敢云對學術界有何貢獻，亦聊以自娛而已。今年余孫女高祥又輯余生平所為詩、詞、曲、聯等殘賸之稿，為《珠湖賸稿》，以為余八十年生辰之紀念；貽笑方家，殊以為愧。

（四）余嘗主編《羣經述要》（黎明公司出版）、《二十世紀之文學》（正中書局出版）、《中華文彙》（臺灣書店出版）等書；尤以主編之《中華文化百科全書》約一千餘萬言（黎明公司出版，現正在排印中），與林尹先生聯合主編之《中文大辭典》約二千餘萬言（中國文化大學出版），工程浩大，編印修校，均極困難，然其為發揚中華文化首創之功，固亦有不可掩沒者在也。

〔五〕余自視無能，不能為國家作更多事業，只能在文化上殫精竭力，稍效微勞而已。生平不識自謀，不事生產，退休後，猶須奔走於師大、政大、文大、輔大、高雄師院等院校之間，盡其餘力，以謀生活，亦殊可哂也。

唯物唯神禍及羣，復興文藝啟風雲〔一〕。中華經典多開示，並世賢豪莫不云〔二〕。我亦共商朱子學〔三〕，誰能一挹許君芬〔四〕？發揚孔道期來日，切盼人間起異軍〔五〕。

【自注】

〔一〕西方中古時代唯神文化控制一切，戰爭連年，民生痛苦，史家稱為「黑暗時代」；幸從中華文化獲得啟蒙，又從希臘、拉丁經典獲得開示，始知人文之重要，而發生「文藝復興運動」。現代世界則唯物文化控制一切，資本主義國家重視物質之生產與享受，共匪主義國家重視物資之分配與駕御，而人均傾向於物化，致使自然遭受污染，怪病叢生，人情歸於淡薄，禍患迭起，人類又面臨一新的「黑暗時代」，而有待於一新的「文藝復興運動」，此必須從中華經典中獲得啟示，不僅恢復人類之理性與思想之自由，更須恢復人類之德性與感性之發揮，促成其慧命與道德之進展。

（二）世界上具有遠見之學者，如瑞典語文學家高本漢謂中國語文為世界上最進步之語文；美國教育學家古勒特謂未來教育應為中國式的「全人教育」，而課程則應為「人文主義的課程」；而英國之歷史學家湯恩比則謂二十一世紀乃中國人之世紀。彼等豈無端而發此種議論？殆亦有所見而云然。

（三）余曾出席漢城之國際東方學會議，講「朱子學對中韓儒學之影響」；出席夏威夷之國際朱熹會議，講「朱子之禮學」。

（四）余曾出席香港中文大學召開之國際中國古文字學會議，講「古文字與古語言」，以提示亞洲各國之文化本同出一源，亦以見研究中國文字之價值，而喚起愛護中國語言文字者之共鳴，俾上溯許慎，共為發揚中華文化而努力。

（五）余又曾出席臺北召開之國際漢學會議二次，一次講論「中國文字與中國文學之關係」，另一次講「中國文學風格論」，目的在使世界學者能知中國文學之精微，亦以見中華文化偉大之一端。尤其以出席國際孔學會議為最有意義，余講「羣經大義與現代文化」，意在闡述中華文化之菁華，昭告於世界學者，以圖挽救現代文化之缺失與禍患，而造福於人類之將來。

附　諸家和作

恭祝高師仲華八秩嵩慶敬步八十書懷原玉

停雲詩社詩友

其一　　　　汪中

維揚靈勝水懷珠，淮海旗竿古碩儒。自有鯉庭承贊化，更從臯比著先驅。
傾傾朗似崑山玉，鶴鶴翩如南海矐。今日春風桃李笑，弦歌雅詠彼吁吁。

其二　　　　羅尙

善誘人人說大賢，師儒淮海莫之先。百年兵革邦多難，四部文章手自研。
無數生徒皆俊傑，比方鸞鳳各蹁躚。九如同獻千秋頌，龍馬精神氣浩然。

其三　　　　邱燮友

自古名家出古州，淮揚才士本多愁。珠湖賸稿承詩曲，禮學尋原繼聖修。
八十書懷言世道，三千弟子盡前籌。桃觴嵩壽陽春歲，聚首同申憶舊游。

其四　王熙元

高風博學是吾師，養育菁莪總不迷。早歲優游新廣濶，頻年著述志恢奇。
章黃絕詣傳薪久，孔孟儒疆駿馬馳。桃李滿園欣暢旺，南山嵩壽斗杓移。

其五　陳新雄

皤皤華髮國之良，量守廬前得矩方。白璧文章人競重，玄亭歲月樂無疆。
聲名熠耀光天下，風骨嶙峋立道防。今日杖朝齊上壽，門徒來享及氐羌。

其六　杜松柏

渡海縈懷物與胞，經筵講劃不辭勞。書城樂擁吟披鑽，學海勤探積漸高。
博議篇成欽指導，鴻文梓刻幸相豪。添籌海屋杖朝日，百爵桃觴醉莫逃。

其七　尤信雄

高郵絳帳在龍泉，儒雅風流真謫仙。北海賢能共景仰，南雍偉駿早騰騫。
八千椿茂同根種，百萬論文已梓鐫。國故發皇章氏業，瓣香歌雅自綿綿。

其八　沈秋雄

文史流觀足永年，芰荷花葉碧田田。憑將淮海經師意，來對瀛州霽色妍。
已逐柏松堅晚節，何妨霜雪撲華顛。栽成桃李三千盛，江上春風動可憐。

其九　　張夢機

嘉運杯添瀛嶠秋，濠觀自適百無憂。雄文昔以收韓海，大隱真如赦楚囚。
行前蒲輪禮賢士，早欽經笥邁前修。深心還欲留良辰，四部圖書細校讎。

其十　　陳文華

道衰文弊起艱難，淑世如何與古班。幸有鴻儒陳俎豆，欲裁青領作賓觀。
力撐頹夏垂千祀，人沐春風遍九寰。少日拊頭真忝竊，菲材爭得望曾顏。

其十一　　顏崑陽

夫子心鄉已得安，書成煮字美成餐。黃縑積稿獨自樂，白雪清音誰與彈。
桃李欣隨競牆出，風雲宜作閉門看。從來有德能高壽，共仰春暉滿杏壇。

其十二　　文幸福

氣象初開便不群，真儒百鍊任拏雲。鎔裁雅道揚師說，鈎挈微言樂聖云。

創制最難緜教澤，橫經尤幸挹清芬。風高張禹聲詩頌，獻壽崇宣忝列軍。

仁壽之章——賦呈仲華夫子（二）

陳慶煌

一九八九年四月六日

其一

曾授六經如貫珠，堪稱當代最通儒。名高韓柳應無忝，材美章黃可並驅。
鳩杖逍遙俱國壽，鹿巾閒雅若梅臞。門庭桃李培多士，滿座春風不待吁。

其二

淮海當年挺世賢，著鞭共許燭機先。千秋道統誰將護，萬卷圖書手自研。
設帳摳衣多窈窕，援琴奏雅亦蹁躚。於今杖履長康泰，共仰仁風倍藹然。

其三

金陵在昔帝王州，負笈東南志不愁。早廁詞林興雅頌，還弘儒學重藏修。
生徒萬里蒙霑溉，文運千春仗護籌。老尚自彊天與健，煙霞嘯傲足優游。

其四

儒雅應為百世師，昔曾恩誨指津迷。胸中丘壑巍峨極，筆下波瀾變化奇。
絳帳春風溫語誘，青燈黃卷寸心馳。匡時報國平生志，皓首窮經信不移。

其五

果真夫子最溫良，經術孶深殊有方。卓卓其躬天所蘊，冥冥之志樂無疆。
道衰每欲親提振，禮壞曾經為設防。開濟此心誠我責，從來華夏異胡羌。

其六

西銘弘化為民胞，窮理研幾不惜勞。質若渾金雙陸美，壽同旁郡九嶷高。
大名當世推彌顯，餘事能詩足自豪。道術終將匡薄俗，異端邪說欲安逃。

其七

蒲車曾駐小溫泉，咳唾珠璣筆亦仙。淮海少年甯久蟄，蘄州高弟自孤騫。
文章綜貫韓蘇現，德望清隆金石鐫。好趁扶搖鵬路穩，雄圖日展樂綿綿。

其八

天錫吾師享大年，鳳池青蓋正田田。誨人以德情長好，緣督為經晚益妍。
杖履婆娑欣玉樹，弓裘紹述慰華顛。南雍已見收儒效，雪案研摩不自憐。

其九

扢雅揚風六十秋，平生遇合百無憂。專精全賴功夫到，鴻達不為章句囚。
自是清高違俗尚，從來芹藻出前修。名山偉業人爭羨，舊學心期細斟讎。

其十

經文緯武不辭難，養晦遵時紹馬班。薪火何曾忘教誨，淵瀾依舊足瞻觀。
志存社稷承先哲，筆挾風雷動九寰。即醉泰平歌一曲，公真未老視朱顏。

其十一

壽晉期頤所遇安，天貽晚福笑加餐。清操冰玉誠希有，雅奏雲韶更廣彈。
國士青萌如驥展，蓬山翠聳拂雲看。百年禮樂權輿也，斯道於今振杏壇。

其十二

春官妙選馬空群，藻鑑曾開八面雲。萬古江山歸我有，一樓風月悟師云。

解推道誼親恩澤，浩蕩天機競苾芬。卓爾堂堂經世略，詞鋒向靡掃千軍。

【自注】

〔一〕〈仁壽之章〉十二律，曾由政大教授曹愉生博士恭楷書之於冊葉，再倩中華學術院詩學研究所所長・書法暨篆刻大師嘉有李猷教授題耑，於高夫子八秩晉一壽筵親自奉上。

【編者注】

〔一〕〈仁壽之章——賦呈仲華夫子〉一詩的副標題，在陳慶煌教授〈傳統詩詞習作建言——從景伊師〈秋夜感懷〉談起〉文中作〈仁壽之章——恭祝仲華夫子大壽〉，詩句亦與本文所載略有小異，參見《淡江大學中文學報》，第二期（一九九三年十二月），頁一三五～一四〇。本文的標題與詩作是二〇二〇年陳慶煌教授親自郵寄予筆者的版本。

卷二　詞〔一〕

【編者注】

〔一〕本集詞牌之句讀，依清・陳廷敬、王奕清主編《欽定詞譜》（長沙：嶽麓書社，二〇〇〇年）之平仄格律釐訂之，與《珠湖臏稿》原文之句讀略異。

南鄉子　丁卯避亂，攜眷村居，盪槳晴溪，聊以遣悶，因賦。〔一〕

軟碧搖煙。醉人風色艷陽天。薄暮晴波春外漲。溪曲。貼水飛花雙燕蹴。　放棹春波。遣愁誰料更愁多。岸柳依依牽藻荇。搖影。水底鴛鴦驚不醒。

【編者注】

〔一〕此詞刊於《藝林》第一期（南京：一九二九年），頁一二四。「盪槳」原作「盪漿」，「漿」應為「槳」字誤植，因詞有「放棹春波」一語，故改之。

眼兒媚　丁卯秋日〔一〕

寒蟬聲裡秣陵遊。孤客漫淹留。冷楓紅舞，寒波綠皺，又自殘秋。　新愁舊恨知多少，重疊上眉頭。夜深無寐，越吟楚館，漢月秦樓。

【編者注】

〔一〕〈眼兒媚・丁卯秋日〉、〈臨江仙・別情〉、〈鷓鴣天・丁卯九月感時而作〉三闋詞，也均出自《藝林》，第一期，頁一二五。

臨江仙　別情

一霎西風凄緊，中宵沉醉初醒。高樓殘點兩三聲。枕邊花黯淡，窗外月朧明。　曾記倚闌私語，星眸清淚熒熒。玉人從此解離情。孤眠多少恨，飛夢短長亭。

鷓鴣天　丁卯九月感時而作

曉起蘭閨梳洗慵。菱花悶對鬢雲鬆。劉郎已恨蓬山遠，更隔蓬山一萬重。〔一〕 愁幾許，上眉峰。那堪庭院又西風。傷心最是楓林色，底是斑斑和淚紅。

【自注】

〔一〕借句。

雙雙燕

杏梢粉墜，糝一味春愁，畫泥香冷。烏衣舞舊，怯伴曉鶯飛竝。自別風簾露井。便棲也、何曾棲定。幾回覓徧巢痕，塵鎖茜紗窗影。 花徑。落文綠潤。忍忘了盧家，玉容嬌俊。海天寥阻，微雨織成新暝。何處雕梁睡穩。好盼到、社前歸信。省他十二朱樓，鎮日澹妝人凭。

摸魚兒 戊子除夕

涴京塵、舊時吟袖，瀟湘江上纔浣。離舷尚繫秦淮月，詩句一囊銷黯。斑竹岸。又日對、蒼梧縹緲嗁痕滿。山深路遠。問削骨寒梅，驚心別鶴，忍見物華換。　經年事，辜負鸞牋象管。金尊誰與為伴。高爇絳蠟新詞寫，書逐淚珠頻轉。花醉看。萬里外、蘭殢蕙盼知何限。頹然枕畔，任楚驛愁迷，吳屏恨掩，歸夢入孤館。

東風第一枝

膩鬢如癡，橫波似醉，一宵曾記相聚。慧心無奈歡情，別懷幾番絮語。盟成齧臂，有多少、怨雲殢雨。更那堪、攜手依依，向晚送卿歸去。　迎遠岫、恍親眉嫵。聆好鳥、宛疑金縷。信知芳意難尋，欲呼夢魂且住。紅樓影裡，問何日、竟為鴛侶。恨夜長、衡雁孤飛，枕上數聲淒楚。

水龍吟　白龍潭竚眺

玉湍敲破空山，亂溪競向仙巖遶。奔流捲雪，驚雷墜壑，聲迴樹杪。千尺淵渟，百年潛泳，有龍吟嘯。任噓霓自落，噴雲欲起，寒潭裡、誰能擾。　遙想春風未老。滿林岑、綠喧紅鬧。苔泥印屐，花香撲袖，勝情多少。怨鴂鳴秋，繁芳逐水，一時芳悄。向危橋久竚，冷松孤撫，望鴻飛渺。

喜遷鶯　記國師同仁春節聯歡會

春生橫宇。正岫拂寒煙，梅開疏樹。夢老銅駝，心迴鐵硯，節序久欺孤旅。幸有故山猿鶴，更約新盟鷗鷺。慰客思，漸仙韶爭奏，綵雲紛舞。　塵襟都為洗，著意東風，吹送絲絲雨。筠窗綠漫，獸炭紅酣，幾度玉杯齊舉。記取放懷歡笑，贏得含情歸去。逐謝屐，又龍吟鸞噦，燕歌鶯語。

湘春夜月　己丑元夕

照新枝，一簾湘月朦朧。淡影沁出幽香，搖曳逐東風。對此可憐春色，怕等閒辜負，酒盞詩筒。待倚窗索句，元宵獨自，難得從容。　燈街舞繡，鈿車走豔，花市喧紅。放夜都城，誰忍憶、少年情事，綺陌遊蹤。千門如畫，問盛時、何日重逢。且領略，這寒梅遠韻、清蟾冷趣，棲老山中。

天仙子　黃庭觀訪魏夫人遺跡

虛閣月明鸞舞影。環佩偶來香滿徑。一聲輕磬出幽林，花正暝。人都靜。傳與斷鴻天際聽。

仙去百年芳躅冷。巖上碧苔空自潤。風流賸有換鵞書，塵已凝。神猶俊。清誦豁然悲獨醒。

八聲甘州

問并刀既解判吟襟〔一〕，也應翦愁懷。甚花朝月夕，青禽不至，綺夢頻來。更奈疏鐘破曉，夢又不能回。啼笑留痕在，總費疑猜。

多少慰情言語，呼遠征雁使，遙寄天涯。怕紅樓香裊，心字竟成灰。悵華年、相思漸老，對落英、風雨最堪哀。開菱鏡、看誰消瘦，兩地徘徊。

菩薩蠻　祝聖寺訪李敬之教授

息心巖穴多高侶。四禪參罷飛花雨。聖境覓幽攀。白雲時往還。　祇園尋悅賞。迎面起青障。梵唱出叢林。漫天悲憫音。

浣溪紗　月下桔槔圖

夜汲聲喧綠水邊。平蕪寂寞遠凝煙。淒涼月色照無眠。　荊布偶耕罨畫裡，笑談歸去曉風前。慰情花影十分妍。

憶秦娥

天涯隔。愁紅怨綠長安陌。長安陌。前遊如夢，墜歡難覓。　畫欄憑處青衫溼。鴛盟莫問傷心客。傷心客。鸞孤金鏡，雁空瑤瑟。

鎖窗寒

畫角譙樓，征鴻碧落，幾聲淒楚。哀蟬曲破，賸有夕陽縈樹。傍宮墻、清笛暗飛，廢園舊是尋春處。種相思千里，無端攙入，二分塵土。　凝竚。天涯路。念斷巷烏衣，鬥棋賭墅。蒼生欲問，半壁江山誰誤。待花時、巢燕自歸，對人怕說今與古。只喃喃、抱怨東風，悄帶繁華去。

買陂塘

社集日，蓀簃得溥心畬畫於瑞京寓廬，衝泥冒雨，挾之書肆，易四印齋所刻宋元人詞歸，爲賦此解。

繫知音、玉楄芳字，摩挲偏是難捨。宋元詞客欣如對，鐫筆半塘無價。心牽惹。見說道、緗囊待易王孫畫。幾徘徊也。竟乞得詩人，壁間雲壑，慷慨爲君卸。　廉纖雨，不管泥浸韈韈。匆匆攜取幽挂。多情痞痳求要眇，百兩宛然相迓。堪慰藉。懷一卷、春風笑醫生良夜。吟魂欲化。看翦句裁聲，文壇宿將，爭與記佳話。

風流子

登樓悲作賦，看沙際、鷗鷺漫相猜。且商略管絃，料量墳典，壯心收拾，豪氣椎埋。向誰訴、乘桴無好計，避地有餘哀。山館送鴻，柳橋迎燕，怨魂來去，芳思縈迴。　飄零今如許，風流便、萬種怎與安排。遙念蛾眉不掃，鸞鏡慵開。記月枕雙歌，雲窗同夢，尊前題袖，花下遺釵。應是倚闌悽斷，凝望徘徊。

江月晃重山　辛卯重午

忍見百年塗炭，可憐千里江山。問天無語一身閑。行吟去，誰識寸心丹。　漫翦菖蒲酯酌，欲招荃蕙魂還。魚龍戲舞任翻瀾。薰風裡，九畹自滋蘭。

醉太平　擬《花間》

重簾擁衾。含嚬拊心。繡樓頻自停鍼。聽聲聲夜碪。　風高月沈。山遙水深。斷魂何處相尋。耿無眠至今。

青玉案

避地臺灣，與杭州陳定山、長沙龔沐嵐、番禺張瑞京、婺源潘石禪、潮州張蓀簃、永嘉潘希真，共結詞社。

千花百草江南路。只怕向、夢中數。我亦庾郎愁欲賦。冷煙催暝，暮鴉爭樹。殘照縈荒浦。　才華早被風塵誤。長夜聞雞起猶舞。顧影婆娑誰可語。一窗嫣月，滿汀閒鷺。來作行吟侶。

渡江雲

詠麥帥

角哀鼉鼓急，沙場正在，浴血靖萑苻。燭妖期掃穴，照海燃犀，帷幄定奇謨。年年汗馬，老功名、忘却蓴鱸。秋未到、如何團扇，遽令與人疏。　歸乎。垂動細柳，遺愛甘棠，換傷心無數。君不見、蝦夷意慘，鯤島情孤。據鞍矍鑠猶能飯，甚忠鯁、翻被讒誣。凝望處、遙知悲憤難舒。

江神子　**蘄春師忌日，讀曼殊和尚爲師所繪〈夢謁母墳圖〉，感愴有賦。**

片帆荒嶼一江風。淡煙籠。白雲封。望極遙山、山外叫歸鴻。萬里思親多少夢，孤家在〔一〕，畫圖中。　白門親炙事匆匆。許追從。想音容。把酒持螯、猶記氣如虹。擲下玉尊騎鶴去，何處覓，問蒼穹。

【編者注】

〔一〕「孤家在」，《珠湖賸稿》原作「孤冢在」。尋繹上下文意，應作「孤家在」。「冢」、「家」，形近而誤，疑是手民誤植。

歸國謠　**擬《花間》**

春幾許。遠道尋春人已去。花醉柳眠何處。問鶯鶯不語。　鴛枕鳳衾長誤。夜闌更細數。天也有心相妒。薄情休怨汝。

蝶戀花　擬《花間》

惆悵南園相晤後。萬語千言，怎奈分飛驟。燕子依依何日又。畫簾珠網消長晝。　拼得爲伊人儘瘦。寄意憑誰，暗地挼紅豆。忍見鴛鴦衣上繡。韶顏未許經時久。

齊天樂

篋中看取春衫在，斑斑酒痕花露。短帽尋詩，長楸走馬，往事風流如霧。吟情細數。念芳草池臺，故園鷗侶。夢濶春深，姹鶯嬌燕爲誰語。　危絃還伴急管，甚聲聲向我，傾訴凄楚。倚擔評花，挑帘買酒，偏是紅顏不駐。閒愁最苦。問千里征鴻，幾時歸去。極目天涯，斷雲飛似縷。

金人捧玉盤　聞神州父老望國軍甚切

倩東風，歸北國，問南冠。何似也、千里江山。秦煙隴霧，悽然旅夢落邯鄲。中心如醉，黍離離、誰忍重看。俯清流，驚華髮，攜濁酒，望征鞍。奈浮雲、白日遮闌。紫垣安在，神威八駿幾時還。杜鵑聲斷，儘招魂、哀瑟齊彈。

法曲獻仙音　圓通寺遊眺

敧石藤牽，翠屏煙合，路滑幽林蒼蘚。斷續齋鐘，朅來雲褐，輕飄梵音哀遠。問四眾、情緣在，誰能與芟翦。　海濤淺。向蓬萊、暫尋吟夢，天尚許、微透夕陽一線。奮躋出陰崖，望長安、多少淒怨。繡簇山川，賸鯨波、螺髻千點。怕危闌凭倚，眼底畫圖如見。

燕山亭　北投古氏別墅雅集

花徑留香，煙螯放晴，幾片荒雲橫掃。闌外倦鷗，葉底啼鶯，爭看謝池春草。素醫臨波，蕩疏鬢、霜痕經老。愁倒。況遺珮蘅皋，暗傷襟抱。　何事豪竹哀絲，逐虛籟泠泠，湍飛孤峭。流水寄情，綺夢尋蹤，誰知溯紅不到。亂碧迷人，遶芳樹、相思多少。

吟眺。風雨後、斷虹殘照。

木蘭花慢　關子嶺作

坐高樓夕照，喚清影、共愁樽。任桂醑行吟，蘭湯試浴，鶴夢重溫。林曛。伴人向晚，亂山中、松菊竟何存。惟有雲深寺宇，驚心鐘鼓頻聞。　孤村。露葉滴紛紛。潤綠上苔痕。念躋攀終日，瑤梯萬丈，應到天門。烟氛。甚時淨掃，倚風巒、飄鬢自銷魂。伏枕淒涼待曉，窺星猶是宵分。

解語花　倚夢窗四聲苑字韻，從紅友說訂正。

雲屏蔽月，夜鵲翻風，長阻銀河岸。淚絲難翦。和愁飲、簌簌恨盈盃淺。相逢未晚。奈秋雁、帶人飛遠。空寄情、鸞鏡花枝，此去何時見。　如夢桃源洞煖。記琴心柔媚，詩句清婉。冷煙籠苑。而今後、攲枕向誰嬌怨。回眸障面。更惹我、平添吟卷。飄斷紅、多少離懷，縈暗燈孤館。

八六子　阿里山神木

聽千回。遠峯樵唱，閒雲野鶴無猜。看萬古龍驤豹變，一山翠繞紅圍，亦何快哉。人間誰識予懷。世棄便成樗木，巖居自絕塵埃。漫倚闌低呼，去來鶯燕，問梅芳訊，探春消息，但聞弱柳風前舞弄，新泉壑底喧豗。老林隈。驚心夕陽又頹。

卷三　曲　聯

曲

折桂令　述懷。時洪弟惟助教曲於國立中央大學，因作曲一首以貽之。

問先生，底事窮愁。放浪形骸，笑傲王侯。不隱終南，不官彭澤，不訪丹丘。搔白髮，三千丈在手。算明年，七十歲平頭。天許奇游，弄月蛟門，看雨龍湫。

聯

輓周綸閣

其一　代周夫人作

撫此際孤男弱女，哀君心願未了，哭君那知君不覺。

悟當年惠澤恩波，愛我情意彌真，棄我而去我何堪。

其二代其姪廣周作

賴阿叔督教成人，鴻德重如山，寸心猶未報。
想嚴親驚聞惡耗，鴿原痛折翼，白首若為懷。

其三代趙憲文作

翹首南雍思祭酒。
究心級數失奇人。

其四代謝應寬作

疇人稱傑出，細數南雍才俊，大振宗風推祭酒。
硯席記交遊，豈知小別蓬瀛，竟教我輩哭英靈。

其五代沙學浚作

大德與肫誠，夙爲多士法，昊天不弔奪公去。
同窗且共事，忽叩故人喪，舉世誰能識我哀。

其六代魯傳鼎作

廿載列門牆，爲人爲學，諄諄教誨，舞雩浴沂思往事。
一時傳噩耗，疑是疑非，惘惘無依，從今解惑問何人。

附錄

高明〈珠湖賸稿自序〉

余誕生於江蘇省高郵縣。高郵有湖，每值晴夜，星斗滿天，映照湖中，宛若珠光之四射，因有「珠湖」之稱。余素喜其景色之美，遂自號為「珠湖漁隱」，蓋欲恣意採擷，以自美其身也。高郵又有臺，曰「文游臺」，乃鄉先賢秦少游與蘇東坡、黃山谷等遊憩吟嘯之所，臺上石刻則皆其唱和之手迹也。余幼時每嬉戲於此，撫摩刻石，輒心儀其人，故入學以後，特好詞章之學，在高級小學中能以古文鳴，在中學又喜為詩，嘗纍積其所作，自題為《珠湖集》。洎入大學，更從王師伯沆習詩，從吳師瞿安習詞曲，從姚師仲實習古文，從李師審言習駢文，而學乃益進，諸師又特重寫作，而《珠湖集》之藏稿乃日益增多。顧以遭時喪亂，迭經災難，相繼亡佚。瀋陽之變，少時所作盡付東流。抗戰以後，講學川、陝，花溪聯吟，城固唱和，西安訪古，亦時有所獲；乃以首都危急，倉皇至湘，又遭遺失。由湘入臺，感慨叢生，頗藉吟詠以自遣。又以教詞之故，遂與陳定山、張瑞京、潘石禪、鄭因百、張蓀簃、龔沐嵐、勞貞一、潘琦君等共組鷄籠詞社，以倡導風雅，為期一年，又各以工作異動，而風流雲散。嗣余以創辦研究所，建立博士班，多致力於考據，義理與經世之學，詞章之學置之高閣久矣；又以寄居木柵，蝸廬淹水，殘存之稿，復有漂失者。明年，余將八十，孫女祥為余整理殘稿，僅存詩四十首、詞二十七首、曲一首、聯六首，因題為《珠湖賸稿》，付諸手民，聊存此生之一鱗一爪而已，不足以當方家之一觀也。

中華民國七十六年十一月一日仲華高明撰

國家圖書館出版品預行編目資料

高明詩詞集

林佳蓉主編. – 初版. – 臺北市：臺灣學生，2024.10
面；公分

ISBN 978-957-15-1957-9 (平裝)

863.51　　113015605

高明詩詞集

主　　編　林佳蓉
出 版 者　臺灣學生書局有限公司
發 行 人　楊雲龍
發 行 所　臺灣學生書局有限公司
地　　址　臺北市和平東路一段 75 巷 11 號
劃撥帳號　00024668
電　　話　(02)23928185
傳　　眞　(02)23928105
E-mail　student.book@msa.hinet.net
網　　址　www.studentbook.com.tw
登記證字號　行政院新聞局局版北市業字第玖捌壹號
定　　價　新臺幣二〇〇元
出版日期　二〇二四年十月初版
I S B N　978-957-15-1957-9

封面圖案：明代仇英「水仙蠟梅圖」(局部)，故宮博物院藏。